우리 누나 이영은, 우리 형아 이승민에게 드립니다

이승일 시집

가족사진

2021년 12월 24일 초판 1쇄 발행

지은이 이승일
펴낸이 김영훈
편집인 김지희
디자인 나무늘보, 부건영, 이지은
펴낸곳 한그루
　　　　출판등록 제651-2008-000003호
　　　　제주특별자치도 제주시 복지로1길 21
　　　　전화 064 723 7580 전송 064 753 7580
　　　　전자우편 onetreebook@daum.net 누리방 onetreebook.com

ISBN 979-11-90482-94-3 (03810)

가족사진

이승일 시집

한그루

머리글

아침이면 눈을 뜨고
저녁이면 눈을 감는

사람 닮은 꽃들이랑
꽃 닮은 사람이랑

한 가족 한 식구 되어
체온 나눠 삽니다.

목차

제1부

———

앞니 빠진 얼굴

가랑비

가랑가랑 바람 타고
소리 없이 내리는 비

자장자장 우리 조카
자장가로 내리는 비

마당의 매화 가지에
젖 내음이 나네요

(2021년 1월 30일)

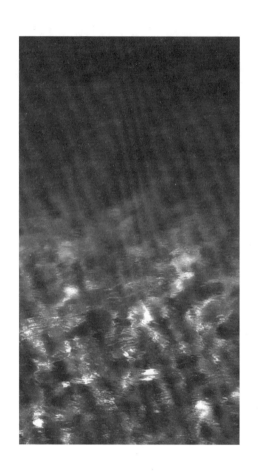

금산공원 무환자나무

서울 조카 기다리는
염주알 다섯 알

금산공원 벤치 옆에
잠시 놀러 와서는

꽃병에 모여 앉아서

목탁 치며 놀아요

(2021년 2월 5일)

귤꽃

엄마 몰래 화장품 놀이
다섯 살 조카처럼

앞니 빠진 얼굴 하고
하얗게 웃는 녀석

얼굴에 향수를 바르고
히
히
헤
헤 합니다

(2021년 5월 5일)

우리 누나 사는 집엔

용인시 수지구 포은대로 '이편한세상'
우리 누나 사는 집엔 조카 둘이 있어요
새벽녘 아침 이슬이 조카들을 깨워요

여덟 살 시현이 조카 다섯 살 지우 조카
차례차례 깨우며 "안녕" "안녕" 인사해요
햇살이 놀러 왔다가 "모두 안녕" 하네요

제트기 서울 쪽으로

주말마다 겹쳐 오는 시월의 달력에는
개천절 한글날에 빨강 단풍 달립니다
아빠는 엄마 대신해 조카 돌봄 갑니다

우리 누나 전화가 기다려집니다
박시현, 박지우 개구쟁이 우리 조카
제트기 서울 쪽으로 하늘길을 갑니다

(2021년 10월 20일)

낱말 카드

비행기 타고 몰래몰래 서울을 빠져나온

서울 조카 낱말 카드
삼촌 집에 왔어요

지우의 앙앙 소리가
카드에서 들려요

(2019년 12월 19일)

노란 국화

서울 조카 '시현이'
집에 온 줄 알았네

누나가 만들어준
노란 원피스 입고

배시시 돌담 옆에서
"삼촌!" 하고 부르네

(2019년 12월 6일)

동백 크리스마스이브

징글벨 징글벨
유튜브 틀어놓고

조카처럼 소리 높여
노래를 부르는데

동백꽃 분홍 입으로
합창들을 합니다

(2020년 1월 3일)

접시꽃

"오빠 안녕"
"아줌마 안녕"
인사쟁이 접시꽃이

"해님 안녕"
"별님 안녕"
조카 지우 같습니다

큰 키에 꼿꼿한 자세로
입을 벙긋합니다

(2020년 7월 9일)

채송화 아침인사

우리 집 늦잠꾸러기
채송화 그 녀석이

어제는 첫눈을 뜨고
먼저 인사하네요

이준우 우리 조카랑
코 인사가 닮아요

(2020년 6월 12일)

수국

파란 꽃 분홍 꽃
다발 다발 꽃다발로

우리 집 거실에 와서
다발 다발 웃어요

조카들 웃음 꽃송이
수국처럼 피어요

(2020년 4월)

별 한 송이가

코로나 전쟁은
언제쯤 끝날까요

조카 시현이 지우가
서울로 돌아간 날

처마 끝 별 한 송이가
기웃기웃하네요

(2020년 4월 5일)

새벽비

새벽에 몰래 왔다
몰래 가는 봄비가

밤새 놀다 늦잠 자는
조카 준우 깰까 봐서

풀잎에 쪽지만 남기고
산타처럼 가셨네

(2020년 4월 1일)

낱말카드놀이

조카 '지우' 펼쳐놓은
낱말카드놀이에

엉망진창 한글 카드
삼촌이 정리해요

그것도 재미있다고
다시 와락 쏟아요

(2019년 2월 9일)

초승달

박지우 우리 조카랑
눈웃음이 닮은 달

음력으로 삼사일에
삼촌 찾아오는 달

휘어진 숟가락 들고
구름 한 술 떠먹네

(2019년 10월 10일)

조카 함께 온 달님

조카가 오는 날
달님 따라왔어요

공항에서 마당까지
졸졸 따라다녀요

장난기 많은 지우가
달님이랑 놀아요

조카의 방학

8월 2일까지 어린이집 방학이다

조카 '지우' 서울서
할머니 댁 내려왔다

엎치락 뒷치락하며
풀잎처럼 잘 논다

능소화

우리 집 우편함 옆
능소화 피었어요

귀 쫑긋
입 벙긋하며
이제 말을 배우네요

오십 일 조카 '준우'가
삼촌 눈을 맞춰요

(2019년 6월 21일)

조카의 유모차 지붕에

빨강 노랑 하양 초록
색동 옷 갈아입은

누나랑 조카들이랑
산책길 나온 가을

조카의 유모차 지붕에
낙엽 한 장 내려요

(2018년 10월 20일)

할머니만 찾아요

아침은 컵라면
점심엔 소고기 불고기

오후엔 워터파크
저녁엔 떡국 음식

그래도 조카 지우는
할머니만 찾아요

(2018년 9월 30일)

엇 박수 저도 좋아라

칠월 십오일 서울 누나 집 다녀왔다

첫돌 맞은 조카에
축하 손뼉 치는 가족

엇 박수 저도 좋아라
짜꿍짜꿍 짝짜꿍

(2018년 7월 16일)

연꽃

우리 집 마당에
조카들이 왔습니다

분홍색 연꽃이
네 송이나 피었답니다

조카들 마당에 와서
방글방글 합니다

(2018년 8월 1일)

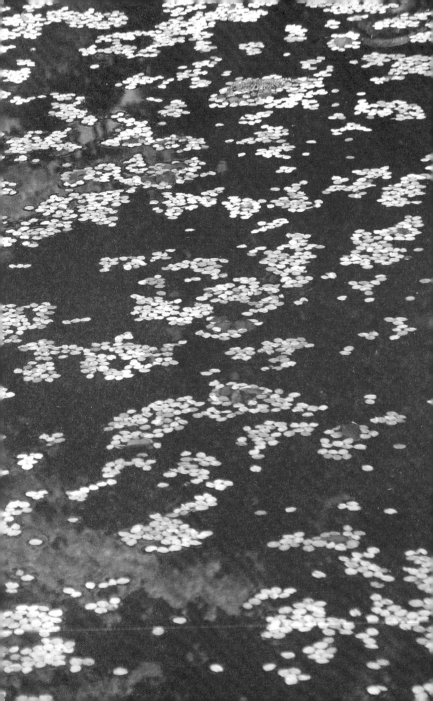

꽃이 놀라 깨었다

월요일 새벽에
시현이 조카 울었다

와그작 와그작
조그만 몸짓으로

앙앙앙 우는 소리에
꽃이 놀라 깨었다

(2017년 5월 1일)

모란꽃

빨간 스카프 두르고
바람에 날린다

노란 얼굴 감싸고
마당에 숨어 서서

정연이 조카의 손을
슬쩍
슬쩍 만진다

(2016년 5월 3일)

연꽃 2

분홍 이불 둘러쓰고
숨바꼭질하는 아이

참 예쁜 정연이처럼
마당으로 놀러 왔다

어쩌면 마당에 핀 꽃은
모두
우리 조카다

(2016년 7월 25일)

귀뚜라미의 놀이

찌이익 찌이익
가을 종이 찢는 소리

풀섶에 등을 대고
낙서 놀이하는 소리

정연이 우리 조카도
가위질에 신났다

(2016년 8월 29일)

개밥바라기

정연이 손톱 닮은
초승달 한 뼘 위

졸졸졸 따라다니는
개밥바라기 떠 있네

저 달은 친구가 있어
외롭지가 않겠네

(2017년 1월 2일)

제2부

———

엄마는 두발자전거

엄마의 마당

배추꽃 무꽃 케일 꽃 무지개 꽃

엄마 없는 마당에
피고
지는
나 홀로 꽃

오가며 나를 만나면
배시시시 웃어요

(2021년 4월 18일)

엊그제 엄마 바다가

고등어에 김치 넣고
보글보글 끓여내면

서울 가신 우리 엄마
안부가 궁금해요

엊그제 엄마 바다가
철
썩
철
썩 거려요

(2021년 4월 18일)

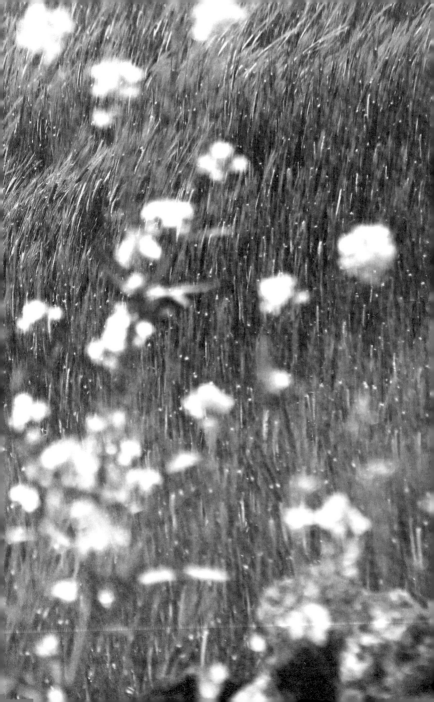

아빠의 도시락

멸치볶음 콩자반
동그랑땡 계란말이

월 화 수 목 금요일
친구들과 먹는 점심

따따봉! 오대 영양소
아빠 솜씨랍니다

엄마꽃

누나 농사
형아 농사
손주 농사
나 농사

엄마의 마음 밭에
가족 농사짓습니다

우리 집 마당 가득히
엄마꽃이
핍니다

.

(2021년 5월 21일)

접시꽃 2

큰 접시 작은 접시
밥 한 상을 차렸구나

서울 간 엄마 대신
뷔페 밥상 차렸구나

나비도 놀러 와서는
꽃 수저를 들었네

(2021년 5월 29일)

빨래 꽃

쪼글쪼글 엉킨 빨래
힘껏 툭툭 털어가며

서울 간 엄마 대신
빨래 당번하는 날

채송화 저도 따라서
분홍 이불
내
건
다

귀뚜라미 우네요

여름도 사람처럼
헤어지기 싫은가 봐

풀벌레 왔는데도
햇살은 뜨거워요

서울 갈 엄마 생각에
귀뚜라미 우네요

(2021년 9월 25일)

은행잎

은행 직원 엄마였던
대학 은행 가는 길에

엄마 얼굴 떠오르는
은행나무 길이 있다

은행잎 팔랑거리며
돈을 세고 있었다

(2020년 11월 15일)

아빠의 노래

'밭에 갈면 밭이 되고 논에 갈면 논이 되고'

매년 11월 11일은
농업인의 날이랍니다

아빠의 18번 노래가
마당 가득 흐릅니다

(2020년 11월 12일)

차단기 내려졌다

번개 번쩍하는 사이
차단기가 내려질 때

울 엄마 가슴속에도
차단기가 내려졌다

티브이 에어컨 냉장고
거실까지 조용해

(2020년 9월 2일)

천둥 번개 치는 날

비야 비야 그만 오렴
큰비 싫고 맑음 좋아

울 엄마 이불 빨래
마당 식구 어깨 펴게

어제는 배고픈 하늘이
꼬륵꼬륵 하더라

(2020년 7월 9일)

울보 능소화

바람 불어 울고
비가 와도 우는 꽃

툭툭툭
주황색 눈물이 길바닥을 적셔요

울 엄마 화장기 씻기며
길바닥에 내려요

(2020년 7월 9일)

수국꽃

우리 집 마당에
신양 바다가 왔습니다

우리 집 마당에
신양 하늘이 왔습니다

성산포 엄마 바다에
수국 빛이
넘칩니다

(2020년 7월 9일)

설거지가 바쁜 마당

분홍 접시 빨간 접시
하얀 접시 쌓인 마당

달그락달그락
설거지 바쁜 마당

접시꽃 우리 엄마의
뒷모습이 예뻐요

(2020년 6월 12일)

채송화 가족

비 그치자 화르르르
웃음꽃이 피었답니다

우리 집 계단 옆에
분홍 채송화 피었답니다

"예뻐라" 아빠 엄마도
 웃음 활짝 핍니다

(2019년 7월 4일)

엄마는 두발자전거

오늘은 새벽부터 할머니가 오신 까닭
성산포서 버스 타고 우리 집 오신 까닭
갑자기 아프시단다 병원 같이 가잔다

할머니 오실 때면 우리 엄만 두발자전거
글 쓰고 나 챙기고 아침 청소하다 말고
선크림 쓱쓱 바르곤 대문 밖을 나선다

(2017년 6월 6일)

동복리 바닷가

말없이 보라신다,
물결 밀려오는 것을

말없이 들으라신다,
한겨울에 파도 소리를

엄마랑 공책을 펴고
바닷소리
적는다

(2016년 1월 1일)

아빠의 선물

아빠가 오셨다
'뚝뚝이'도 따라왔다

캄보디아 육 개월의
자가용이 되어 주던

목각의 오토바이가
바퀴 네 개 달고서

(2016년 1월 18일)

엄마 손길

왁스 손이 왔다 갔다
로션 손이 왔다 갔다

손가락은 머리빗
손바닥은 볼 파우더

엄마의 손길 손길에
멋쟁이가 되는 나

(2016년 3월 6일)

담쟁이 발자국처럼

흰 종이 검은색 펜
한 획 한 획 쓰는 봄

나의 백지 노트에
까만 싹이 돋아난다

담쟁이 발자국처럼
똑똑 찍어 가면서

(2016년 3월 6일)

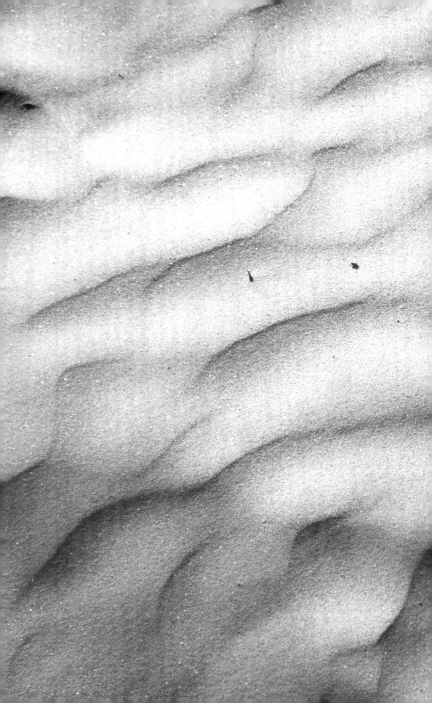

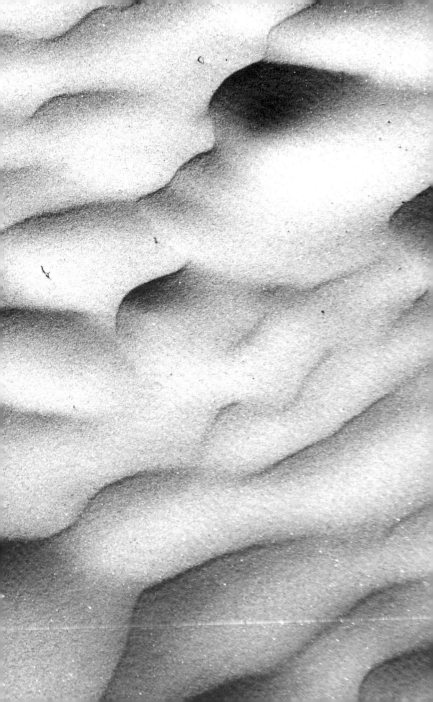

우리 엄마

아침마다 샤워하고
양치를 하고 나면

치카치카 거울 속엔
하얀 아이 웃고 있네

"어이구 우리 승일이"
얼굴 만져주는 엄마

(2016년 3월 15일)

이병우 콘서트

제주도 푸른 밤에
푸른 별이 떠 있다

앙상한 나뭇가지에
초롱초롱 돋아 오른

싹보다 더 고운 별이
엄마 눈에 빛났다

(2016년 3월 28일)

솔잎 국화

아침마다 욕탕에서
이 닦기 교육시간

"이~" 엄마 기합소리
 창문 훌쩍 넘는 소리

마당의 솔잎 국화도
붉은 이를 내민다

엄마의 1번지

마을에 도착하면
마음의 준비를 한다

카메라 꺼내 들고
번지 찾는 종이 들고

엄마의 마을 여행길
나도 함께 걷는다

(2016년 6월 17일)

깻잎

올 엄마가 따오신
깻잎 한 바구니

왼 손바닥 위에
깻잎들을 포갠다

얌전히 가슴을 편다
초록 마음 착하다

아빠의 진갑 여행

1. 감사패

우리 가족 모두 모여 1박 2일 여행 갔다
사진 찍고 저녁 먹고 골프텔에 머물면서
"아버지 감사합니다." 감사 인사드렸다

2. 별이 반짝거렸다

먼저 현수막 걸고 진갑 잔치 열었다
케이크 촛불 앞에 입을 모은 조카들
후후후 아빠의 눈에 별이 반짝거렸다

3. 수영 시간

'세인트포' 콘도에서 1박 2일 하는 동안
풀장에 들어가서 첨벙첨벙 수영놀이
정연이 우리 조카도 인어처럼 웃었다

4. 조카 시현이

조카 시현이는 수영장 체질인가
물속에만 들어가면 인어공주 모습이다
내 조카 새침데기가 함박웃음 짓는다

그저께 모래밭에선 발을 들고 울었었다
바다에 가기 싫다고 우는 줄만 알았었다
발바닥 간지러움이 나랑 비슷한가 봐

(2016년 7월 24일)

'내추럴 디스오더'를 보다

* 2016년 EBS 국제영화제 수상작

뇌성마비 남자 주인공

무대 위에 쓰러진다

"집 안에 있는 나는 정상

집 밖에 나가면 비정상"

울 엄마 티브이 보다가

내 손 살짝 당긴다

(2016년 8월 29일)

운동화

칠성통 가게에서
새 운동화 사 주신 아빠

파란 줄무늬에
푹신푹신 내 운동화

아빠 맘 닮아서인지
걸음걸음 따스해

(2016년 12월 11일)

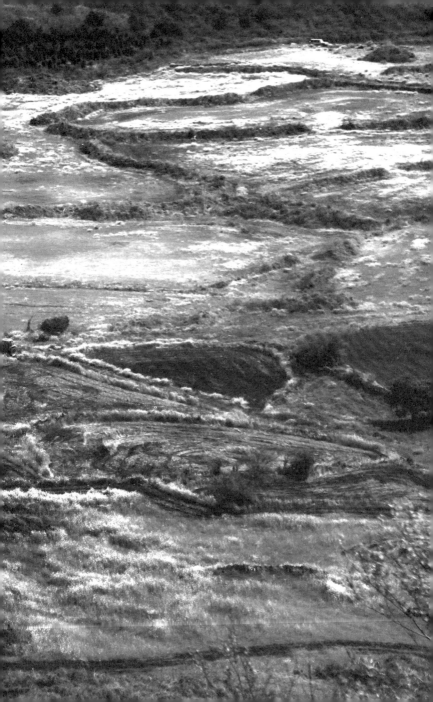

제3부

가
족
사
진

구름

바다색 서쪽 하늘
낮달 뒤에 숨었나요

그 많던 구름이
다 어디로 갔을까요

서울 간 누나 따라서

바다
건
너 갔을까요

(2021년 1월 20일)

세뱃돈

양복 입고 엄마 아빠
그리고 형과 형수

친척 집은 못 가지만
새해 인사 올리는 아침

수줍은 매화 송이도
하얀 봉투 펼쳐요

(2021년 2월 13일)

묘제 가는 길

아빠 조상 성주 이씨
묘제 음식 준비하고

조천읍 선묘 찾아
묘제 지내려 가는 길

보리밭 청보리 물결이
따라 절을
올립니다

(2021년 4월 18일)

추석에

1. 명절놀이

달떡 별떡 구름떡
하늘 빚는 명절날

누나 형아 형수 매형
조카 넷 솜씨 자랑

우리가 만든 떡들이
밤하늘에 떴어요

2. 원 카드놀이

먼저 담요 깔고
원 카드를 펼치면

누나 매형 조카들이
빙 둘러앉아서

어른도 아이들 닮아
아이처럼 놀아요

3. 가족사진

설 명절 추석 명절
열두 식구 모인 마당

마당에 의자 놓고
사진 찍는 우리 가족

아빠는 강아지 '봄이'를
옆에 끼고 앉습니다

(2021년 9월 25일)

김장하는 날

우리 마당에
가족들이 모였네요

아빠랑 형이랑
외숙모에 조카까지

감나무 까치 가족이
저도 붙여 달래요

(2019년 12월 27일)

수선화

"승일아 잘 이시냐?"
맞아주시는 외할머니

등 굽은 허리에
계단 옆에 앉으셔서

노랗게 계란 반숙을
노릇노릇
건네서

(2020년 2월 13일)

할머니 바느질하듯

꽃들도 저들끼리
바느질을 하나 봐요

바구니에 앉은 꽃
접시 위에 앉은 꽃

할머니 바느질하듯
도란도란 거려요

(2020년 1월 21일)

노지산 한라봉 가족

아빠가 따온 열매
엄마가 닦는 열매

큰 대야 쏟아놓고
승일이가 담는 열매

노지산 한라봉 가족이
방글방글 거려요

눈

먼 하늘에서 펑펑
펑 튀기 하나 봐요

오늘은 하늘에
오일장이 열렸나 봐요

할머니 뻥튀기 과자가
사르르르 녹네요

(2020년 2월 20일)

반달

반쪽은 하늘에 두고
반쪽은 마음에 두고

반쪽은 마당에 두고
반쪽은 누나네 집에

반반씩 나누는 달이
형제 마음이네요

(2020년 11월 12일)

우리 집 밥통

태풍에 무서워서
큰 부엌에 옮긴 밥통

불쌍하게 혼자만
식탁 위에 앉은 것이

산책길 할머니처럼
나만 쳐다봅니다

(2020년 9월 2일)

달리아 꽃

보들보들 촉감 좋은
누나 옷 빌려 입고

가만가만 귀 기울여
친구 발소리 듣나 봐

갸우뚱 빗속에서도
다알리아 피어요

(2020년 6월 18일)

울 엄마 형제 마당에

지난주 화요일은
먼 할머니 제사이고요

이번 주 화요일은
먼 할아버지 제사이어요

울 엄마 형제 마당에
웃음꽃이 피어요

(2020년 5월 22일)

우리 형아

형아만 생각하면
자꾸자꾸 흐르는 눈물

내가 많이 아팠을 때
밤새 지켜주던 형아

서른 살 어른이 되어도
우리 형아랍니다

(2020년 5월 5일)

신양리 할머니

새벽부터 버스 타고
집에 오신 할머니

몇 숟갈 뜨다 말고
숟가락 내려놓으시며

"승일아, 많이 먹어라"
고기반찬 내민다

갈 길이 멀다신다
오자마자 가신단다

보따리에 싸고 온
마른미역 풀어놓고

"우리 딸, 메역 잘 먹언"
사랑 풀고 가신다

(2020년 4월 22일)

나를 비추는 햇살

경기 용인시 수지구 탄천로 누나네 집

노오란 햇빛이
눈썹에 와 맺히네요

창문을 슬쩍 넘어와
나랑 놀자 하네요

(2019년 2월 9일)

반반씩 나눈 반달

형아 반 나 반
반반씩 나눈 반달

오늘은 오백 원 동전
반쪽만 찾았어요

내일은 또 반쪽 찾아
조카에게 줄 거예요

(2019년 9월 19일)

올 추석 가족사진엔

올 추석 가족사진엔
준우 조카 나왔습니다

백일 넘겨 몸 뒤집기
따따따따 나팔소리

초가을 햇살이 내려와
아기 옆에 웃습니다

형아의 벌초 기계

형아의 벌초 기계가
가을을 깎아요

처음부터 끝까지
윙윙 같은 소리를 내며

조상님 이발을 하듯
벌초하고 왔어요

노을이 대문을 열고

고개 숙인 대문이
어깨 쭉쭉 폅니다

형아랑 사돈형이랑
어제 그제 고친 대문

노을이 대문을 열고
마당에 와 눕습니다

(2018년 4월 14일)

비 젖은 나팔꽃

쪼글쪼글 주름에
오물오물 다문 입술

비 젖은 나팔꽃
할머니의 그 입술

할머니 생신이란다,
엄마 생신 다음 날

누나

세월이 빨리 간다 우리 누나 고생이다
누나 출근 안 하니까 너무너무 좋아라
박지우 갓난아기는 잠만 잠만 잔단다

트림도 잘하고 딸꾹질도 잘한다
분유를 꼭 마신다 가끔 토를 한다
누나야! 기운 내야 돼, 내일 올라갈 거다

(2017년 8월 8일)

벌초

아빠랑 엄마랑
형아랑 승일이랑

봄 벌초 가는 길
친척들도 다 모이고

산소도 가족들처럼
옹기종기 모였네

(2017년 6월 6일)

이상한 봄

봄인가요 여름인가요
헛갈리는 사월 하늘

아침엔 추웠다가
낮에는 더웠다가

울 엄마 형아 이름을
나를 보며 부른다

(2016년 4월 11일)

몸 통통 발 통통

몸 통통 발 통통
방방 타는 조카 정연이

동그란 우주선을
팔딱팔딱 뛰는 엄마

어느새 빨개진 얼굴
장미꽃이 웃어요

가족 노래방

크리스마스이브에
노래방엘 다녀왔다

엄마 아빠 형아 형수 조카 정연이랑

신나게 부르는 노래
하하 호호 웃었다

(2017년 1월 2일)

제4부

———

서른의 정거장

수선화 2

우리 집 수선화야
혼자서도 피는구나

사회적 거리 두기
발걸음이 없는 날

하얗게 노랗게 하며
잘도
잘도
노는구나

(2021년 1월 30일)

백일홍 눈약

매일 아침저녁
내 눈이 밥을 먹네

아침엔 코솝 알파간
저녁엔 잘라탄까지

백일홍 뜨는 지새는
속눈썹이 아프네

울담에 거미 한 마리

울담에 거미 한 마리
바이올린 켜고 있네

한
줄
한
줄
줄 바꾸며 '영웅' 곡을 치고 있네

우리 집 감나무 가지도
햇살 튕겨 올리네

(2021년 7월 21일)

한라산

슬플 때나 기쁠 때나
화날 때나 나 혼자일 때도

마당서 '은성복지회관'에서
바이올린 켤 때도

말없이 지켜 봐주는
나의 친구랍니다

(2021년 7월 21일)

하늘 안과

날씨도 삼 일에 한 번
안압이 오르나 봐

비 왔다 추웠다
더웠다 바람 불었다

구름도 하늘 안과에
안압 체크하나 봐

요즘엔 내 눈에
이상이 생겼나 봐

약 넣고 약 먹고
안압 검사하는데도

좀처럼 내 눈 날씨에
맑은 날이 없구나

(2020년 2월 11일)

서른의 정거장

서른 살이 지나고
서른한 살 맞은 나

한
발
한
발
길을 내며
여기까지 왔습니다

반달이 밤하늘에서
하얀 미소 보냅니다

(2020년 1월 3일)

해님도 눈이 아픈지

아침저녁 하루 두 번
안압 약을 넣습니다

올라갔다 내려갔다
시소 타는 안압 수치

해님도 눈이 아픈지
날이 침침합니다

(2019년 12월 27일)

우리 강아지 봄이

우리 집 강아지 봄이
화가 잔뜩 났나 봐

이번 주 토요일
얼굴 획 돌리더니

당분간 우리 엄마랑
눈으로만 말하네

(2020년 2월 20일)

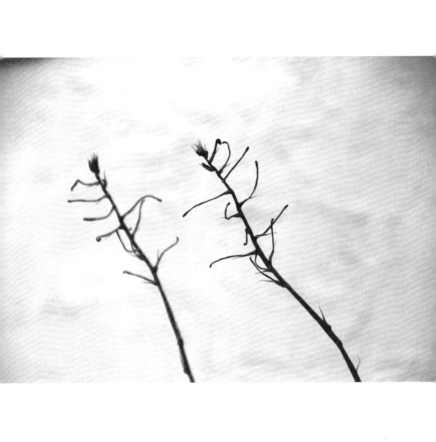

젓가락 콩놀이

나무젓가락 사이로
콩알 콩콩 달아난다

동글동글 눈치코치
걸적걸적 걷는 다리

배움터 친구들이랑
땀을 뻘뻘 흘렸다

(2016년 6월 30일)

휴가 나온 운동복

군복 색깔 운동복에
휴가 온 이웃 동생

새로 사서 입었는지
줄 주름이 경례한다

원혁이 운동복 바지가
엄마 앞에 얌전하다

(2017년 1월 5일)

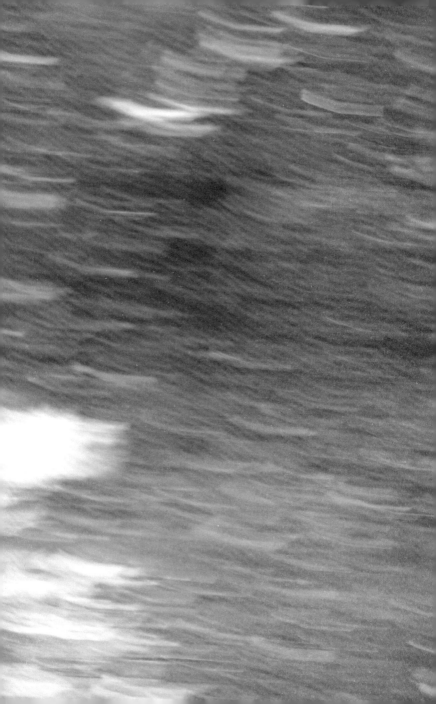

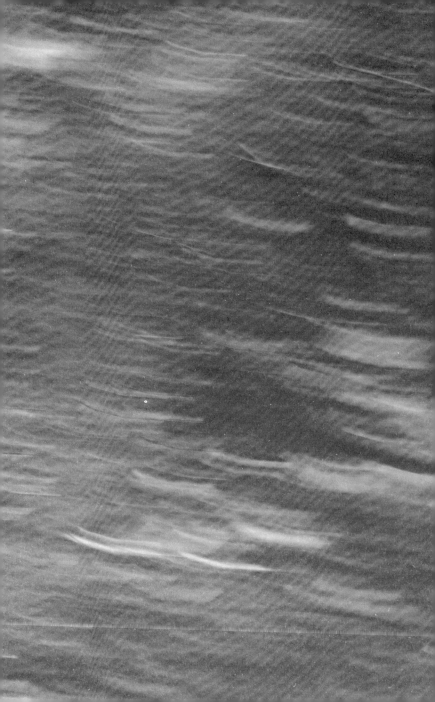

아침 시간

양치질에 샤워 다음
왁스 바르고 면도하고

로션에 썬크림 바르고
눈약 두 개 넣고 나면

방학도 평일 같아라
거울 앞이 바쁘다

(2017년 1월 5일)

가을 밤

밤이면 찾아오는
친구가 있어 참 좋아

별님 달님 창가에 와
소곤소곤 전하는 말

풀벌레 가을 노래가
마당 가득 넘친다

내 아들, 승일이가 풀어놓은
사랑의 보따리에 살짝 얹는 고백

여기까지 왔습니다. 아들 승일이가 서른세 살을 한 달 앞두고 세 번째 시집을 엮습니다. 이번 시집은 그동안 가족에게 받은 사랑을 풀어놓는 보물 보따리이기도 합니다.

1부는 조카의 사랑, 2부는 엄마 아빠에 대한 마음, 3부는 누나 형에 대한 고마움, 4부는 작가의 일상을 사진과 함께 풀었습니다. 거기에 엄마의 고백도 살짝 얹어놓습니다.

승일이가 태어나던 해, 누나는 일곱 살, 형은 여섯 살이었습니다. 하루에도 네다섯 번 경기를 하더니 자라면서 발육이 늦었습니다. 목 가눌 때 못 가누었고 걸을 때 못 걸었고 말도 늦었습니다. "아빠!"라는 말 한마디가 150만 원짜리라고 이제는 농담으로 말하곤 합니다. 그때부터 일하는 엄마는 아들 승일이에게 힘을 쏟을 수밖에 없었습니다. 아파 누

172

울 시간은 물론이고, 주변의 눈치도 볼 여유가 없었습니다. 아들을 위해 앞만 보고 가야 했습니다. 사람을 만들어내야 하는 무거운 숙제가 주어진 것입니다. 이 세상에 태어나 내 게 주어진 숙제 하나는 풀고 가야 한다는 다짐을 했습니다. 내 손에 찰흙 한 덩이 주어졌다 생각하고 코를 붙이고 눈을 붙이고 귀를 붙이고 손발을 붙이고 마지막으로 숨을 불어넣어 주는 심정으로 살아내야 했습니다. 그때나 지금이나 일하는 엄마의 가장 큰 고민은 자녀 양육이었습니다. 어느 날 신문을 보다가

'태아에서 치매 노인까지 책 읽어주는 게 가장 좋다.'라는 내용이 눈에 들어왔습니다. 그때부터 아이 돌봄을 책 읽어주는 선생님으로 모셨습니다. 매일같이 5년을 읽혔더니 달라지기 시작했습니다. 10년을 읽혔더니 글도 쓰기 시작했습니다. 비로소 글로 세상과 소통하는 내 아들을 만났습니다. 중학교 3학년 때 책도 내고 이름 앞에 시인이라는 명칭도 얻었습니다. 어눌한 말투가 시인의 말이 되는 순간이기도 하였습니다.

그런데 연한 것들은 사랑에 기대어 산다는 걸 한참 후에

야 알았습니다. 주인이 바빠 관심 못 받는 마당의 꽃이 혼자 피고 지던 때가 있듯이, 한창 엄마의 손길이 필요한 누나, 형은 혼자 자라나야 했습니다. 숙제 도움, 학원 가는 일, 맛있는 것 먹고 싶어도 그리고 어리광 부리고 싶어도 참았을 겁니다. 오히려 아픈 동생을 돌봐주어야 했습니다. 그 누나 형이 어른이 되어 결혼을 하고 조카가 둘씩 넷이나 생겼습니다. 두 살, 다섯 살, 여덟 살 조카들은 승일이 삼촌이랑 제일 마음이 잘 통한답니다. 이제는 어엿한 두 아이의 엄마 아빠가 된 딸과 아들이 곱게 성장해줘서 참 고맙습니다.

승일이는 눈이 아픕니다. 망막박리 수술을 받았으나 희미한 왼쪽 눈으로만 생활합니다. 한 달에 서너 번은 정기적인 안압 체크를 합니다. 10년 전 두 눈에 암막 커튼이 드리워진 날, 급하게 서울에 있는 큰 병원에 가기 위해 현관을 나설 때였습니다.

"엄마, 가족사진이 안 보여요, 거실에 있는 가족사진이…" 앞이 안 보이자 급하게 신발을 신으면서 한 첫마디는 '가족사진'이었습니다. 친한 친구 한 명 없는 아들은 거실에 있었던 가족사진을 이미 마음속에 걸어 두었나 봅니다. 승일이에게 가족은 본능적으로 기댈 수 있는 부적 같은 것이라는 걸 알았습니다. 그때부터 가족이 다 모이는 설 명절, 추석 명절엔 마당의 똑같은 장소에서 매년 가족사진을 찍습니다. 삼촌은 신이 납니다. 조카가 두 명이었다 세 명, 네 명으로 늘어나고 아기였다가 개구쟁이였다가 어린이가 되는 게 참 재미있나 봅니다.

"요즘 왜 형아가 집에 안 와요?"
"……."
"왜 우리 누나가 집에 안 와요?"
"……."

하루에 한 번씩은 물어봅니다. 엄마는 그저 웃습니다.
조카 마음 닮은 승일이에게는 영원한 가족이니까요, 우리 누나, 우리 형아니까요.

그랬습니다. 엄마 아빠는 오늘도 말합니다.
미안해! 고마워! 사랑해!
바쁜 공직생활 가운데도 미처 엄마의 손이 미치지 못했

던 누나 형을 위해 사랑을 다하신 남편에게 고마움을 전합니다. 특히 고향 성산포 신양리에 살고 계신 구순의 친정아버지 어머니의 염려 덕분에 온전히 한 하늘 아래 4대를 잇게 할 수 있다는 것에 감사드립니다. 저 혼자라면 힘들었을 그 길에 손을 내밀어준 인연들이 참 많았습니다.

고맙습니다.

2021년 늦가을

엄마 **고 혜 영**(시인)